Poetry and Poems

Hassan Mbarek

ISBN : 9798603370675

WIDMUNG

Danke, dass du dich für dieses Buch entschieden hast.

Ich hoffe, dass dir das Buch gefällt und vor allem im Leben weiter hilft.

Poetry and Poems ist neben

Herz&Verstand
Therapie
Wüstenblume
Herz&Verstand 2

Mein fünftes und zugleich mein erstes Zitaten Buch.

INHALT

Du bist meine Definition von **Liebe.**
Meine Definition von **Glück.**
Und wenn sie mich fragen,
was macht dich auf dieser Welt glücklich,
dann sage ich, es ist dein **Lächeln,** Mama.

Es ist deine Art, wie du **sprichst,**
es ist deine Art, wie du mit mir **umgehst**,
es ist einfach dein so großes **Herz**,
welches dich von den anderen unterscheidet.

Lass mich **gehen,**
lass mich **fallen,**
lass mich **allein,**
aber komm nicht,
komm nie wieder zurück,
wenn die anderen dir
den Rücken zukehren.

Ich bin das Mädchen,
dass eigentlich viel mehr **Liebe** braucht,
als sie eigentlich zugibt.
Viel mehr von der **Liebe**,
die vielleicht nur ein Ohr bietet,
welches zuhört.

Man liebt einen Menschen,
weil man etwas in ihm sieht,
dass kein anderer zuvor gesehen hat
und nie sehen wird

Ich wünschte, wir hätten mehr **Zeit** zusammen gehabt.

Und dann hat man die Wahl,
ob man die **Bilder** vom Handy
löschen soll oder nicht.

Könnte ich die **Zeit** zurückdrehen,
würde ich jetzt an dem **Tag** sein,
wo du mich im **Arm** genommen hast.
An dem Tag, wo du mich **angelächelt** hast
und zu mir sagtest, wie sehr du mich **liebst.**

Was ich alles dafür tun würde,
um nur einmal aus deinem **Mund** zu hören,
wie viel ich dir **bedeute.**
Nur noch einmal in deinen **Armen** liegen
und deinen **Geruch** einatmen.
Nur noch einmal.

Ehre, was du **liebst.**

Teile **dein Leben** mit jemandem,
dem du nicht plötzlich zu viel bist.
Dem du **nie zu viel** sein wirst.

Die Liebe ist eine **komplizierte Sache.**
Manchmal ist sie viel **zu schön,**
um wahr zu sein und manchmal hinterlässt sie ewige
Narben.

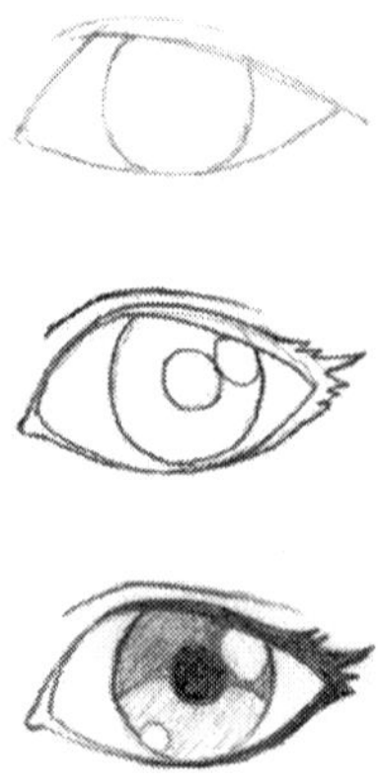

Wenn du sie nicht mit
jemand anderem **sehen willst,**
dann gib ihr nicht **das Gefühl,**
sie könnte **woanders glücklicher sein.**

Wie oft wir auch **gestritten** haben,
ich habe niemals dran gedacht,
uns **aufzugeben.**

Dies waren deine Worte.
"Keine Angst."
Ich solle keine Angst haben;
Vor der **Zukunft,** vor den Menschen,
vor dieser dunklen Welt.
Aber ohne dich spüre ich **Kälte.**
Wie soll ich da keine Angst haben?

Du warst mein **Licht** im Dunkeln.
Meine Hoffnung in den **schwierigen Tagen,**
mein **Kompass** auf meinem Weg
und meine **Sonne**, wenn es kälter wurde.

Das Leben ist nicht fair.

Es zerreißt mir einfach das **Herz,**
wenn ich mir **Bilder** ansehe,
die nie wieder entstehen werden.

Du hast nichts gemerkt.
Gar nichts.
Weder wie es mir ging,
noch wie ich gelitten habe
oder wie tief das Loch war,
in welches ich immer wieder fiel.

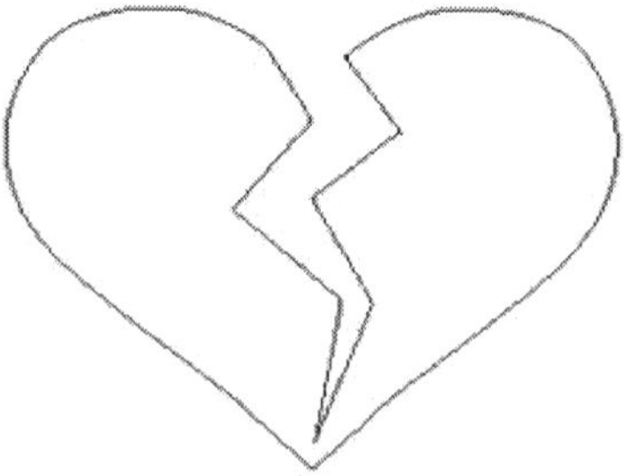

Zu sehen, wie sich ein geliebter Mensch
immer und immer weiter entfernt,
kann sogar den stärksten Menschen
auf die Knie fallen lassen.

Irgendwann wird er deinen Wert schätzen,
aber dann musst du nach vorne schauen
und ihn hinter dir lassen.

Mein Herz **schlägt** für dich,
jedoch deins nicht für mich.
Alles was ich tat,
tat ich nur für uns zwei.
Zwei **Verliebte** haben sich gefunden,
jedoch nicht zur **richtigen Zeit**.
Mein Herz ist ein **Palast** für dich,
ein Palast für den **Liebenden,**
aber du willst ihn nicht bewohnen.
Mir fallen die Tränen, während ich sehe,
wie unsere **Wege** sich trennen.

Dich zu lieben tut weh,
aber ich bleibe auf **meinem Weg.**
Denn du bist meine Heimat,
die ich verloren habe.
Diese **Sehnsucht** bleibt für immer…

Ich bin beruhigt,
denn keiner wird dich so sehr lieben,
wie ich es tat.

Eifersucht ist nicht krank,
Eifersucht ist auch kein Zeichen
von **mangeldem Vertrauen**.
Eifersucht ist einzig und allein
ein Erzeugnis **der Liebe**.

Ich habe dich von
Anfang an so geliebt,
wie du bist.

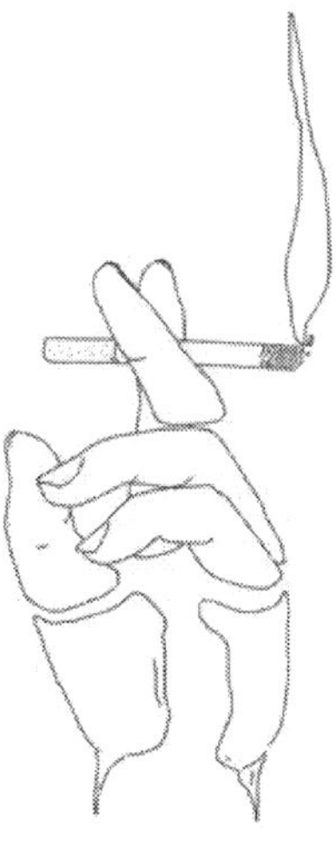

Ich verzeihe viel,
jedoch werde ich niemals vergessen,
was man zu mir **gesagt** und
was man mir **angetan** hat.

Die schlimmste Art von **Betrug** ist,
wenn du für deine Aufrichtigkeit und Treue,
mit Lügen belohnt wirst.

Dich **leiden** zu sehen verletzt mich.
Dich **weinen** zu sehen quält mich.
Dich nicht glücklich zu sehen zerstört mich.

Dein Glück sollte nie ein Ende haben.
Dein Lachen soll nie vergehen.
Deine Tränen sollen, außer vor Freude,
nie wieder fallen.

Möge Gott
den **Kummer und die Trauer**
aus unseren Herzen entfernen.

Manchmal bin ich eben traurig
und brauche keinen **Grund** dafür.

Und wir vergessen nur, weil wir müssen.

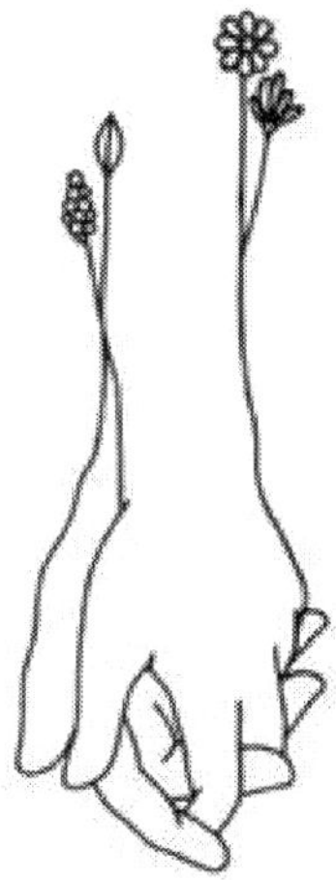

Ich sah mehr in dir,
als da war.

Ganz egal wie weit
und wohin wir uns bewegen,
hoffe ich, dass du an meiner Seite bist.

Ich will weg von hier.
Weg von Allem.
Weg von den Menschen.
Weg von der Gegend.

Ich verbinde alles um mich herum mit Schmerz.
Auch wenn die Sonne scheint,
ist kein Lichtstrahl zu erkennen.

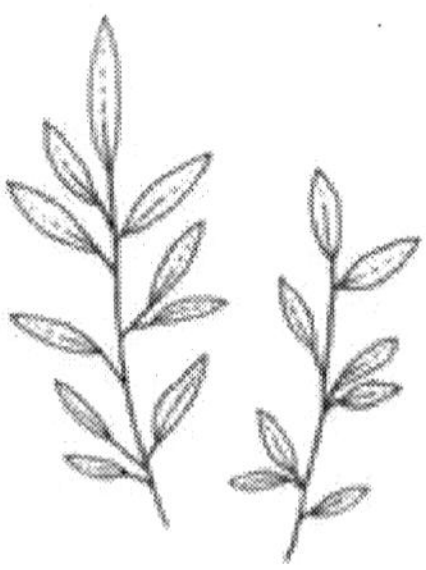

Es fehlt etwas,
wenn du dich nicht meldest.

Entwickelst du für eine Person **Gefühle,**
fängst du dir eine **Kugel** ein.

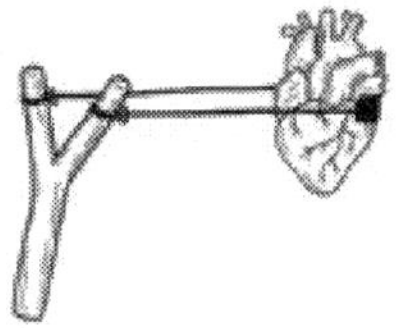

Ich werde diesen zauberhaften Blick niemals vergessen,
mit dem du mich ansiehst.

Keine **Reaktion** ist die beste **Provokation.**

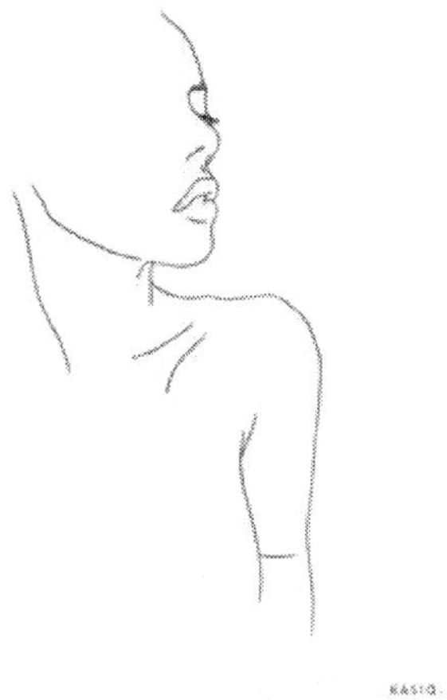

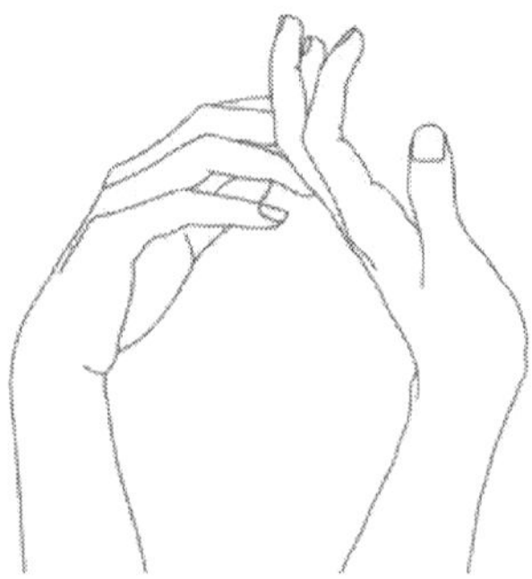

Habe alles liegen gelassen,
nur damit ich dich glücklich sehe.

Dieser Schmerz **in meinem Herz**
es frisst mich innerlich immer noch.
Ich muss gehen,
Aber irgendwas halt mich immer noch

Ich will **fliehen** von dir,
Aber wenn ich ehrlich bin
ist mein **Platz** bei dir.

Nichts ist kostbarer, als das Lachen der Eltern.

Was schlimmer ist, als verletzt zu werden?
Wenn es gerade die Menschen tun,
die deine größten Schwachstellen kennen.
Wissen, dass du leidest,
Wissen, dass es dich verbrennt.

Der Unterschied, zwischen mir und dir war,
dass ich vom Kämpfen geredet habe
und du vom Aufgeben.

Wenn ich meinem Herzen lausche,
flüstert es **deinen Namen.**

Ich bin **nächtelang** für dich gestorben.
Wie soll ich dich vergessen?

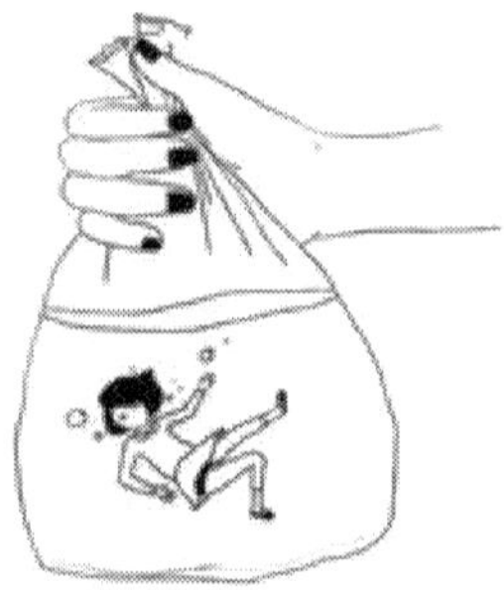

Wie konnte ich **deinen Worten** glauben?
Deinen Versprechen glauben?
Deinen Augen glauben?

Du bist nichts anderes, als nur eine **Enttäuschung.**
Wenn ich an dich denke,
spüre ich den **Hass** in mir.
Du hast mich so sehr verletzt,
dass ich dir nie wieder **verzeihen** kann.

Vielleicht bin ich **kompliziert**,
Aber wenigstens **loyal**.

Keine **Tränen** sind echter,
als von denen, die lieben.

Was mir gehört,
gehört auch nur mir.

Was für dich bestimmt ist,
wird seinen **Weg** zu dir finden.

Man vergisst es nicht.
Man geht nur anders damit um.

Egal, wie oft wir uns gestritten haben,
ich habe immer nur deinen Namen in
meinem Herzen getragen.

Ich wollte immer dir gehören,
Meine Liebe nur dir schenken.

Meine Absicht war, dich für
immer glücklich zu machen.

Ein Mann, der Augen nur für eine Frau hat,
schreibt mit **keiner zweiten.**

Für manche Menschen hat man einfach noch
zu viele **Gefühle**, um sie zu vergessen.

Ich werde es nie vergessen.
Nie vergessen, wie alles in diesem einen Moment
kaputt ging und ich nur noch sprachlos da saß.
Ich werde nie vergessen, wie mir all die brennenden
Tränen über die Wangen liefen.

Du wirst nicht **heilen,**
wenn du zurück zu dem gehst, was dich **verletzt** hat.

Der Schmerz in deinem Herzen
wird **vergehen.**

Gott hält für jeden eine Tür offen.
Er wird dir **beistehen.**

Als du gegangen bist, brach sie in Tränen aus.

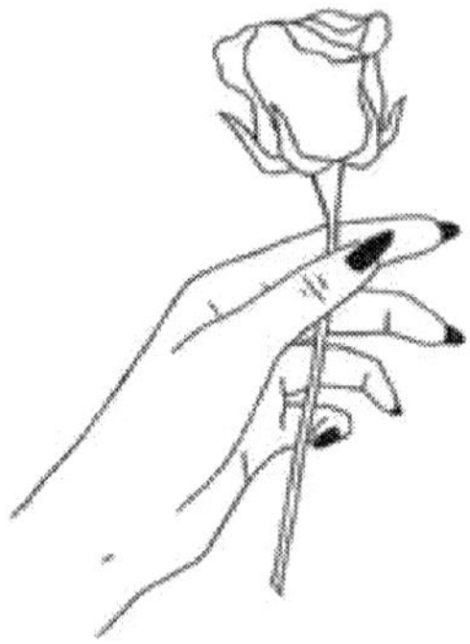

Egal, was du für Menschen tust,
sie sind und bleiben undankbar.

Egal, wie stark du bist,
du zerbrichst, wenn dich das Richtige trifft.

Höre niemals auf,
dich um eine Frau zu **bemühen,**
auch wenn sie schon dir gehört.

Respekt an die Männer, die zu Frauen NEIN
sagen, weil sie eine Frau Zuhause haben.

Manche Menschen werden wir niemals vergessen.
Aber wir **lächeln** nicht mehr,
wenn uns jemand an sie **erinnert.**

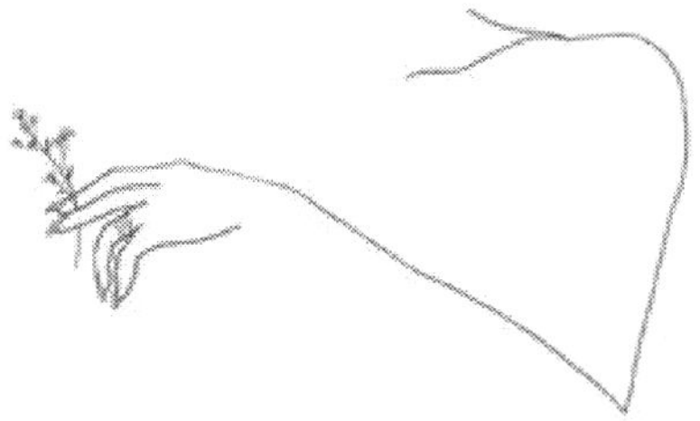

Dein Name bleibt mit Wut verbunden.

Denk dran, so sehr wie **ihr Herz** dank dir gebrannt hat,
so sehr wird deins vor
Sehnsucht nach ihr brennen.

Vergiss, was dich vergessen hat.
Lass die Hand los, die deine los gelassen hat.
Halt nicht an Menschen fest,
die deinen Wert nicht schätzen.

Dein Herz ist meine Heimat.

Du hast mir so oft weh getan,
trotzdem bin ich bei dir geblieben.

Vertraue auch dann auf **Gott**,
wenn gerade nichts um dich herum
Sinn macht.

Wenn du merkst, dass du nicht mehr weiter kommst,
dann schließ **das Kapitel**
und öffne ein neues.

Egal, wie oft du sie verletzt,
sie wird immer dich wollen,
deswegen wach auf und behandle sie gut.

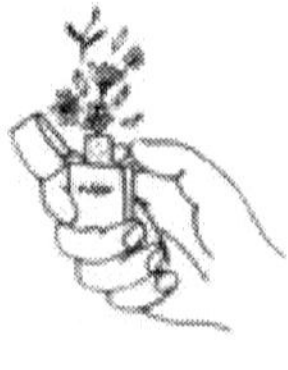

Lass dir wegen **deiner Vergangenheit**
nicht **deine Zukunft** zerstören.

Wenn du mit einer Frau **Kontakt** hast,
egal ob ihr zusammen seid oder nicht,
musst du deine Augen für andere Frauen **senken,**
denn keine Frau will die **zweite Wahl** sein.

Liebe ist,
wenn zwei Welten zu einer werden.

Zur richtigen Zeit,
öffnen sich die richtigen Türen.

Sie verzeiht dir unverzeihliche Dinge,
weil sie will, dass du bleibst.

Hinter deinem “NICHTS” steckt so viel **Geschichte.**

Hör auf, den ganzen Leuten immer so viel zu geben,
Du bekommst es sowieso nicht zurück.

Wenn du ehrlich bist, dann weißt du,
dass keiner dir das geben kann,
was du von mir bekommen hast.

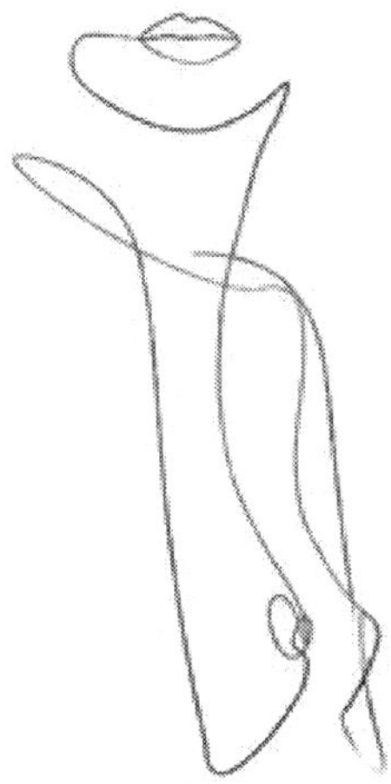

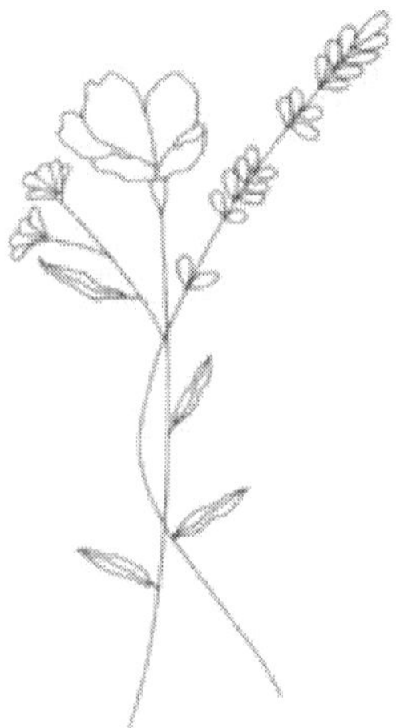

Wenn es **wahre Liebe** ist,
dann kann sie nicht **vergänglich** sein.

Eine Person fürs Leben würde dich **niemals verlassen**
und das darfst du nie vergessen.

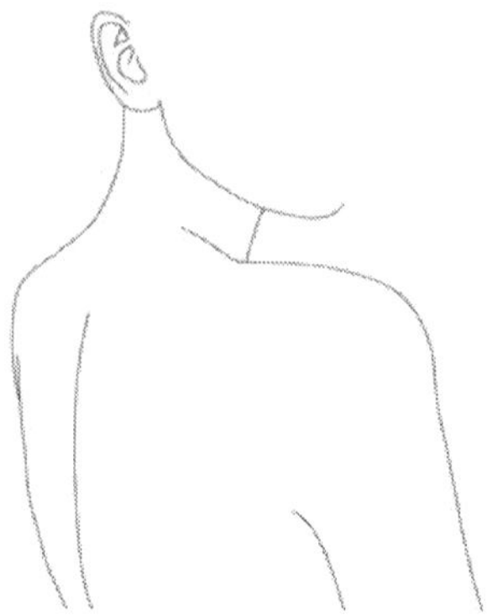

Obwohl du sie wie Dreck behandelt hast,
hat sie jedem mit Stolz erzählt,
wie sehr sie dich liebt.

Ich habe es so geliebt zu hören,
dass du mich liebst,
aber weißt du was traurig ist,
dass ich ehrlich geglaubt habe,
dass du mich liebst.

Sie sagte, dass alles gut sei,
dabei liefen ihr **Tränen** über das Gesicht.

Doch eins steht fest,
nur Gott weiß, was hätte passieren können,
wenn manche Dinge anders gelaufen wären.

Und bei bestimmten Namen kommen einfach
die Tränen wieder hoch,
weil es einfach so sehr wehgetan hat.

Irgendwann triffst du den Menschen,
der dir **die Sonne** zurück bringt,
die dir ein anderer genommen hat.
Und sie wird **heller** sein, als je zuvor.

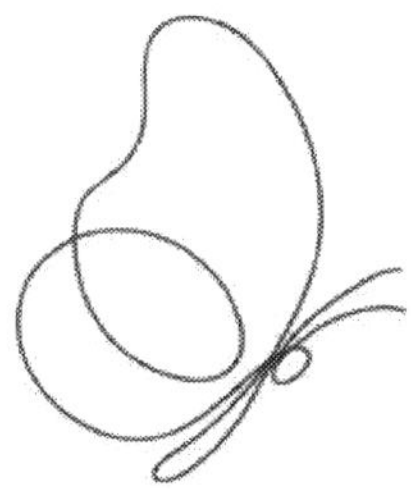

Wenn eine Person es okay findet, dich zu verlieren,
dann halte **Distanz** zu dieser Person.

Wir erhoffen uns zu viel,
deswegen ist der **Schmerz** so groß.

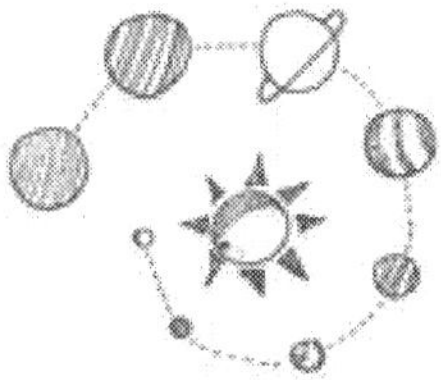

Jeder sagt, dass er für dich da ist,
aber glaub mir,
alles nur **Lügen**.

Behalte dein Glück immer für dich,
du weißt nie,
wer es dir wirklich gönnt.
Vor dir dein Freund, aber im Herzen dein Feind.

Niemand hätte mich von dir trennen können,
außer du selbst.

Manche Worte lassen dich nie wieder los.
Manche Sätze verlassen nie wieder dein Herz.

Sag niemals, ich sei dir wichtig,
wenn du mich dann ignorierst.

Unsere **Erinnerungen** werden nie in
Vergessenheit geraten.

Glaub mir, ich werde dir fehlen.

Behandle deine Frau ehrenvoll.

Möge dein **Lächeln** niemals vergehen.

Printed in Poland
by Amazon Fulfillment
Poland Sp. z o.o., Wrocław

58370106R00061